Alcide Paladilhe

Essai sur la luxation spontanée coxalgique

Thèse présentée et publiquement soutenue à la Faculté de Médecine de Montpellier, le décembre 1838

Alcide Paladilhe

Essai sur la luxation spontanée coxalgique

Thèse présentée et publiquement soutenue à la Faculté de Médecine de Montpellier, le décembre 1838

Réimpression inchangée de l'édition originale de 1838.

1ère édition 2024 | ISBN: 978-3-38509-492-5

Verlag (Éditeur): Outlook Verlag GmbH, Zeilweg 44, 60439 Frankfurt, Deutschland
Vertretungsberechtigt (Représentant autorisé): E. Roepke, Zeilweg 44, 60439 Frankfurt, Deutschland
Druck (Imprimerie): Libri Plureos GmbH, Friedensallee 273, 22763 Hamburg, Deutschland

N° 148.

ESSAI

SUR

LA LUXATION SPONTANÉE

COXALGIQUE.

THÈSE

Présentée et publiquement soutenue à la Faculté de Médecine de Montpellier, le   Décembre 1838 ;

PAR

Alcide PALADILHE,
de Fontés (*Hérault*);

POUR OBTENIR LE GRADE DE DOCTEUR EN MÉDECINE.

MONTPELLIER.

IMPRIMERIE DE BOEHM ET Cᵉ, ET LITHOGRAPHIE,
BOULEVARD JEU-DE-PAUME, 7.

Faculté de Médecine
DE MONTPELLIER.

PROFESSEURS.

MM. CAIZERGUES, Doyen, Prés.	*Clinique médicale.*
BROUSSONNET.	*Clinique médicale.*
LORDAT.	*Physiologie.*
DELILE.	*Botanique.*
LALLEMAND.	*Clinique chirurgicale.*
DUPORTAL.	*Chimie médicale et Pharmacie.*
DUBRUEIL, *Examinateur*.	*Anatomie.*
DELMAS.	*Accouchements.*
GOLFIN, *Suppléant*.	*Thérapeutique et matière médicale.*
RIBES.	*Hygiène.*
RECH.	*Pathologie médicale.*
SERRE.	*Clinique chirurgicale.*
BÉRARD.	*Chimie générale et Toxicologie.*
RÉNÉ.	*Médecine légale.*
RISUENO D'AMADOR.	*Pathologie et Thérapeutique générales.*
ESTOR.	*Opérations et appareils.*
....	*Pathologie externe.*

Professeur honoraire : M. Aug.-Pyr. DE CANDOLLE.

AGRÉGÉS EN EXERCICE.

MM. VIGUIER.	MM. JAUMES, *Suppléant*.
BERTIN.	POUJOL.
BATIGNE.	TRINQUIER, *Examinateur*.
DELMAS fils	LESCELLIÈRE-LAFOSSE.
VAILHE.	FRANC.
BROUSSONNET fils, *Exam*.	JALAGUIER.
TOUCHY.	BORIES.

La Faculté de Médecine de Montpellier déclare que les opinions émises dans les Dissertations qui lui sont présentées, doivent être considérées comme propres a leurs auteurs; qu'elle n'entend leur donner aucune approbation ni improbation.

A mon Père et à ma Mère.

A MES PARENS ; A MES AMIS.

A TOUT CE QUE J'AIME !

ALCIDE PALADILHE.

PREMIÈRE QUESTION.

Existe-t-il des luxations spontanées coxalgiques ? Quels en sont les symptômes et le mécanisme ?

ESSAI

SUR LA

LUXATION SPONTANÉE

COXALGIQUE.

On peut la définir : tout dérangement plus ou moins complet de l'articulation coxo-fémorale, opéré d'une manière lente et graduée, et dû à une affection organique, le plus souvent au gonflement des parties molles contenues dans l'intérieur de cette articulation, ou à la carie des pièces osseuses qui la constituent.[1]

---

[1] Le nom de *luxation spontanée* donné à cette maladie n'est pas très-heureux, parce que la luxation n'est qu'un symptôme assez constant d'une période très-avancée de cette

On trouve cette maladie décrite dans les auteurs sous les noms divers de *morbus coxæ, morbus coxarius, morbus coxalgus,* coxalgie, maladie de la hanche, etc. Il paraît que les Anciens la confondaient le plus souvent avec la sciatique nerveuse ou rhumatismale. [1] J.-L. Petit la nomme *luxation du fémur succédant à une chute sur le grand trochanter.* [2] Desault et le plus grand nombre des auteurs l'appellent *luxation spontanée du fémur.* Rust lui a donné le nom de *coxarthrocace.*

Il paraît que la luxation spontanée de la tête du fémur était connue d'Hippocrate, qui lui a consacré un de ses aphorismes. [3] On a tout lieu d'être surpris qu'il n'en soit fait aucune mention dans les ouvrages des auteurs qui sont venus après lui, jusqu'en 1722, où J.-L. Petit l'ayant rencontrée dans sa pratique, appela sur cette maladie l'attention des praticiens de son époque, dans un Mémoire inséré

---

maladie, et puis ce symptôme n'est qu'un résultat, et n'est nullement spontané. Nous conserverons néanmoins cette dénomination généralement adoptée.

[1] *Leçons orales du professeur Dugès.*

[2] *Traité des maladies des os,* tom. I. Cette dénomination est vicieuse, puisque, dans un grand nombre de cas, cette maladie se développe sans qu'on puisse la rapporter à une pareille cause.

[3] *Mémoire sur les luxations spontanées du fémur,* inséré dans les œuvres chirurgicales de Desault, tom. I.

parmi ceux de l'Académie des sciences. Depuis, De Haën, Sabatier [1], Desault, Blandin, Brodie, et un grand nombre d'autres auteurs ont traité à fond cet intéressant sujet, et ont corrigé les erreurs assez nombreuses émises par J.-L. Petit sur cette matière.

Avant d'entreprendre l'histoire de la luxation spontanée coxalgique, je pense qu'il ne sera pas inutile d'entrer dans quelques détails anatomiques propres à en faire concevoir le mécanisme.

1° La *cavité cotyloïde* est dirigée obliquement en dehors, en avant et en bas : elle est remarquable par sa profondeur augmentée encore par un bourrelet cartilagineux qui se fixe à son bord (*sourcil cotyloïdien*). 2° Le *ligament inter-articulaire* (*ligament intérieur*, Boyer; *ligament rond*, Weit.) de l'enfoncement raboteux de la tête du fémur va se fixer sur l'os coxal, à la partie interne de la cavité cotyloïde. 3° La *capsule fibreuse* qui embrasse toute l'articulation, est très-forte en haut, en dehors et en avant ; elle est assez faible dans les autres points. 4° Un *peloton adipeux* considérable remplit le fond de la cavité cotyloïde, et communique avec le tissu extra-articulaire, à l'aide d'un trou osséo-fibreux placé en dedans de l'articulation. [2] 5° Par

---

[1] *Mémoire de l'Académie royale de chirurgie*, tom. V.

[2] D'après des expériences faites sur le cadavre, Blandin s'est assuré que le but de cette communication est de per-

cette ouverture osséo-fibreuse pénètre dans l'articulation *une artère* qui distribue quelques rameaux au ligament rond et à la tête du fémur. 6° La *direction* du col du fémur est oblique en haut et en dedans; il forme avec le reste du fémur un angle d'environ 120° ouvert en bas et en dedans.

La capsule iléo-fémorale est recouverte par les muscles crural antérieur, psoas et iliaque. Elle est séparée par une membrane synoviale du tendon de ces deux derniers. En dedans elle est en rapport avec les muscles obturateur externe et pectiné. En arrière elle repose sur les muscles carré-crural, jumeaux, pyramidal et obturateur interne. En haut, elle est subjacente au muscle petit-fessier qui lui adhère assez intimement.

CAUSES DE LA LUXATION SPONTANÉE COXALGIQUE.

Causes prédisposantes. — Ce sera le vice scrofuleux, ou un autre vice interne, qui d'ordinaire a manifesté sa présence dans l'économie, avant qu'une cause externe l'ait appelé sur l'articulation coxo-fémorale. Il est des cas où l'un de ces vices se porte

---

mettre l'issue d'une portion du coussin adipeux cotyloïdien, lorsque celui-ci, après avoir prêté par son élasticité, est encore comprimé par la tête du fémur.

spontanément sur cette articulation sans cause connue, et y produit des désordres dont la conséquence peut être la luxation du fémur. Souvent, sans causes prédisposantes ni occasionelles appréciables, on a vu la maladie en question se manifester. Cette maladie est plus fréquente chez les individus atteints des vices scrofuleux, rhumatismal, goutteux, ou dont l'économie entière est imprégnée de syphilis. Elle attaque plus fréquemment les femmes et les enfans de l'un et de l'autre sexe qui n'ont pas atteint l'âge de 14 ans. Elle n'est pourtant pas rare chez les adultes. L'état de couches semble y prédisposer.

Causes déterminantes. — Un coup, une contusion, une chute sur le grand trochanter, plus rarement sur le genou ou sur la plante des pieds, un faux pas, une mauvaise position du membre [1], une métastase quelconque, l'impression du froid et de l'humidité, une traction violente, etc., etc., peuvent déterminer cette maladie. Le plus souvent, ces causes ne font que faire apercevoir d'une maladie qui existait déjà. Souvent il est impossible d'accuser aucune cause à laquelle on puisse rapporter l'apparition de la luxation spontanée. Toutes les réactions se faisant mal chez les individus atteints de vice scrofuleux, on conçoit qu'un coup, une chute sur une

---

[1] Desault; *OEuvres chirurgicales*, tom. I.

articulation déterminent des tumeurs blanches, des gonflemens scrofuleux, etc., et que ces causes extérieures agissant sur l'articulation coxo-fémorale, la luxation du fémur soit la conséquence des désordres dont elles amèneront le développement. Parmi les variétés de la maladie qui nous occupe, quelques-unes ont de l'analogie avec les maladies scrofuleuses, d'autres n'en offrent aucun caractère.

SYMPTOMES. [1]

Ire Période. — *Signes précurseurs.* — Dès le début, les symptômes de la luxation spontanée commençante sont obscurs. Ils sont tout au plus bien décidés pour les praticiens qui, par une étude approfondie et une longue expérience, ont acquis les connaissances nécessaires relativement à cette maladie. Ces signes précurseurs sont une douleur

---

[1] Les symptômes que nous énumérons, sont les plus ordinaires, ceux que l'on a le plus fréquemment l'occasion d'observer. Quelques-uns sont communs à presque toutes les espèces de luxations spontanées : ce sont ceux de la luxation commençante, et ceux de sa dernière période. Les autres sont ceux de l'espèce que l'on observe le plus souvent, c'est-à-dire, ceux qui sont dûs au gonflement des parties intra-articulaires, et à la rétraction des muscles fessiers, lorsque, par suite de ce gonflement, la tête du fémur a été chassée de la cavité cotyloïde.

souvent légère, sans que son intensité soit en rapport avec l'intensité des désordres locaux. La douleur est souvent obscure et profonde : quelquefois ce n'est que dans certains mouvemens de l'articulation que le malade la ressent. Un ébranlement considérable de l'articulation manifeste d'ordinaire une vive douleur dans ce lieu. Le malade se plaint d'une légère faiblesse du membre; d'un sentiment de tension plus ou moins marqué dans la région inguinale. Il éprouve une certaine difficulté à mouvoir ce membre ; il y a claudication assez sensible. En même temps, le malade se plaint, le plus souvent, de l'allongement du membre correspondant à l'articulation qui commence à être malade; sensation illusoire : à cette époque, toutes les expériences, faites par l'homme de l'art à ce sujet, ne pouvant démontrer le moindre allongement. La douleur n'a rien de fixe d'ordinaire; elle paraît et disparaît avec la plus grande facilité. Il survient souvent, dès le début, des douleurs sympathiques fort remarquables, et qui, dans l'immense majorité des cas, se présentent au genou du membre malade. Ces douleurs sont souvent excessives, alors que celles de l'aine sont presque nulles. Elles persistent avec opiniâtreté ; mais les mouvemens de l'articulation du genou n'augmentent pas la douleur sympathique qui y siège, tandis que les moindres mouvemens de la cuisse causent à la hanche des souffrances très-vives. Quelquefois cette douleur sympathique se transmet le long du trajet du nerf poplité externe, comme Brodie a eu l'occasion de l'observer.[1] Il a aussi observé des gonflemens douloureux du genou, sympathiques de la maladie de la hanche. Samuel Cooper[2] cite un enfant atteint de la maladie qui nous occupe, et qui se plaignait d'une semblable douleur sympathique à la partie interne et moyenne de la cuisse. Un autre malade, cité dans le même ouvrage, l'éprouvait à la plante du pied.

La douleur sympathique peut tellement prédominer, qu'on peut croire avoir affaire à un rhumatisme ou une sciatique nerveuse, et que l'attention du médecin peut ainsi être détournée du siége réel de la maladie ; circonstance d'autant plus fâcheuse, que, si l'on peut quelque chose contre cette cruelle maladie, ce n'est guère que dès le début. Souvent les douleurs les plus vives sont dans l'aine, mais le plus souvent elles ne se bornent pas à cette région, et s'étendent en suivant le vaste externe jusqu'au genou. Souvent, ainsi que nous avons eu l'occasion de le dire, la douleur sympathique du genou est très-vive, tandis qu'elle est presque nulle sur le siége du mal.

D'abord légère et comme fugitive, la douleur devient bientôt fixe et constante, souvent elle a quel-

---

[1] Brodie ; *Pathol. and surg. observ.*, pag. 142.
[2] *Dictionnaire de chir. prat.*

que chose d'inconstant et de rhumatismal. Par les progrès du mal, elle devient excessive, surtout pendant la nuit, ce qui arrive plus fréquemment, lorsque la maladie est due à une cause syphilitique. Il y a dans le membre des tressaillemens douloureux. A mesure que la douleur augmente, elle se fixe. Quel que soit le siége de la douleur, elle augmente par les mouvemens de l'articulation malade, et spécialement par tout ce qui cause la pression des surfaces cartilagineuses ulcérées, l'une contre l'autre.[1]

Ces symptômes durent quelquefois sans augmenter d'intensité, des mois, des années entières ; d'autres fois, ils durent à peine quelques jours, et la maladie passe à la deuxième période.

Peu après le commencement de la maladie, l'articulation est douloureuse à la pression exercée dans un sens quelconque, les glandes lymphatiques peuvent s'engorger, et quelquefois un léger degré de tuméfaction s'observe dans l'aine.[2]

Souvent, à son début, la maladie est précédée de symptômes de fièvre grave, fièvre de mauvais caractère, putride, typhoïde, comme j'ai pu l'observer moi-même, il y a peu de temps, chez un malade, dans les salles de l'hôpital Saint-Éloi de cette ville.

---

[1] Brodie ; *Pathol. and surg. obs.*
[2] *Idem.*

Il paraît que, chez lui, cette fièvre n'était qu'un symptôme d'une luxation spontanée commençante, luxation due à la maladie de l'articulation coxo-fémorale, dépendante d'un état rhumatismal fixé sur l'articulation sans cause déterminante connue. Il nous semble, avec le professeur Lallemand, que c'est à tort que, en pareil cas, Boyer considère comme essentielle, une fièvre qui n'est que la conséquence des désordres locaux survenus à l'occasion de la maladie de la hanche.

IIe Période. — *Période d'allongement; luxation spontanée commençante.* — Les symptômes commencent à se dessiner d'une manière moins équivoque. Un certain degré de difformité s'est à peine fait remarquer dans la marche, que l'amaigrissement du membre malade n'a pas tardé à se prononcer. La main appuyée au devant de l'articulation, en dehors de l'artère fémorale, cause des douleurs très-vives au malade. Les douleurs sympathiques se maintiennent en augmentant d'intensité dans cette période de la maladie; ou bien, elles se déclarent, si elles ne se sont pas déclarées déjà. [1] Arrivons au symptôme caractéristique de cette période, qui est constant, toutes les fois que la maladie

---

[1] Ces phénomènes de sympathie s'observent dans d'autres cas analogues, toujours à l'extrémité de l'os long opposé à celle qui est le siège de la maladie.

est due à un gonflement de nature quelconque des parties intrinsèques de l'articulation : je veux dire l'allongement du membre.

De Haën paraît avoir, le premier, appelé l'attention des praticiens sur ce phénomène. Cet allongement a pu aller jusqu'à 4 pouces. Les moyens de le constater sont fort simples. On couche le malade sur un plan horizontal un peu dur. On place de niveau les crêtes iliaques, observant que la ligne médiane du corps partage celui-ci en deux parties symétriques, et qu'elle soit perpendiculaire à la ligne qui va d'une épine iliaque à l'autre. Ces précautions étant bien prises, on compare les condyles des deux fémurs, les grands trochanters, la plante des pieds, et l'on reconnaît, dans les cas de luxation spontanée coxalgique, que ces parties descendent davantage chez le membre malade, que chez le membre sain. On peut encore mesurer de l'épine iliaque du côté malade, au trochanter du même côté; cette mesure excédera la même mesure prise du côté sain. Dans cette période, on observe assez fréquemment de l'engorgement. La douleur est sourde, profonde ou très-aiguë. L'allongement s'opère d'une manière progressive.

La fesse du côté malade est plus aplatie dans sa partie postérieure, que du côté sain ; son sillon est plus abaissé. Ce qui s'explique par le tiraillement exercé sur les muscles qui concourent à former cette saillie, et qui, de la face externe de l'os iliaque, vont se fixer à la partie supérieure du fémur, par cet os lui-même dont la tête est poussée en bas et en dehors, à mesure que le boursoufflement des parties la chasse de sa cavité ; de sorte que l'insertion fémorale de ces muscles se trouve progressivement éloignée de leur insertion pubienne.[1] Le grand trochanter du côté malade se trouve placé plus bas et plus en dehors que celui du côté sain, parce que, à cause de la direction du fémur, le gonflement des parties intra-articulaires tend à pousser le grand trochanter dans la direction du col du fémur, qui, pour se rendre de la tête du fémur à son grand trochanter, a une direction oblique en bas et en dehors. Le malade marche *en fauchant*, pour corriger, autant que possible, les inconvéniens qui résultent pour la marche de l'allongement d'un membre, sur lequel il ne peut, qu'avec douleur, faire peser le poids du corps. Souvent même il aide, pendant la marche, le membre malade avec la main du même côté.

III⁰ Période. — *Période de raccourcissement,*

---

[1] Quoique ce symptôme réuni avec les autres mérite assez de confiance, Brodie a démontré qu'il ne doit pas être considéré comme un signe certain de la maladie de la hanche, puisqu'on le rencontre dans d'autres affections, lorsque les muscles des environs de la hanche restent dans l'inaction, quoique l'articulation elle-même ne soit pas affectée. Brodie ; *Med.-chir. trans.*, vol. VI.

luxation accomplie. — Elle est caractérisée par un raccourcissement lent ou brusque; mais toujours considérable du membre. Souvent le malade veut essayer de marcher, et tout à coup le raccourcissement se produit d'une manière brusque par le poids du corps. Si l'état du malade, pendant la deuxième période, le force à garder le lit, le raccourcissement dû uniquement à la rétraction musculaire, est le plus souvent gradué.

C'est ordinairement par le bord supérieur et postérieur de la cavité cotyloïde, que se détache la tête du fémur, une fois que, soit par son gonflement, ou par celui de la cavité où elle était reçue, cette cavité ne peut plus la contenir. Alors elle s'échappe, et, entraînée par l'action des muscles fessiers, elle se glisse d'avant en arrière et de dehors en dedans sur la face convexe de l'os des iles, s'engageant entre ce dernier os et la face interne du petit-fessier qu'elle décolle jusqu'au point de son insertion aponévrotique à la ligne courbe inférieure de l'os des îles. Dès-lors, la luxation spontanée coxalgique présente tous les signes de la luxation primitive en haut et en dehors.

Le grand trochanter soulève les parties molles; il est porté en dedans: la fesse devient plus ou moins saillante, suivant l'engorgement plus ou moins grand des parties molles. Souvent le chirurgien ignore tout d'abord ce raccourcissement; car, d'ordinaire, le malade tient continuellement son membre fléchi, pour se soulager; mais le raccourcissement augmente si le malade s'appuie sur le membre affecté de luxation ; il penche alors singulièrement le corps en avant.

Le petit et le moyen fessier appliquent le trochanter à la face externe de l'os des îles ; cette éminence se rapproche de la crête iliaque. Le membre est porté dans la rotation en dedans ; le talon est porté en dehors, ainsi que le creux du jarret ; le genou et la pointe du pied sont tournés en dedans. En prenant le pied, on ne peut le tourner en dehors. On ne peut non plus faire cesser le raccourcissement. Les désordres qui ont amené la luxation spontanée du fémur, en rendent la réduction tout-à-fait impossible.

La fesse est arrondie et prolongée en arrière en forme de cône : elle est gonflée vers le haut ; le pli qui sépare la hanche de la cuisse est relevé, la jambe est dans la demi-flexion. Fréquemment, à cette époque de la maladie, des abcès se forment dans l'articulation ; il y a destruction le plus souvent du ligament rond, préalablement ramolli.

Le raccourcissement du membre est toujours précédé de douleurs vives. Il est souvent, mais non toujours, le précurseur de la formation d'abcès dont plusieurs se développent dans l'intérieur de l'articulation. A. Cooper a vu deux de ces abcès s'ouvrir dans le rectum. Après ou avant même la sortie de la tête du fémur de sa cavité, des tumeurs s'élèvent dans divers points de l'articulation à la fesse, en haut et en dedans de la cuisse, vers le pli de la fesse.

Ordinairement une vaste tumeur se forme sur le vaste externe.

La formation du pus est souvent annoncée par une augmentation de douleur, des spasmes plus fréquens dans les muscles, l'atrophie plus avancée du membre qui reste fléchi, et ne peut être ramené à l'extension. On observe souvent la fréquence du pouls, une langue chargée, et des signes d'excitation générale. (Brodie.)

Le abcès présentent quelquefois le caractère inflammatoire, sans que la rougeur en soit très-marquée, à cause de la profondeur de l'engorgement. Ces abcès présentent surtout le caractère phlegmoneux, dans les cas où la tête du fémur, déplacée, provoque l'inflammation du tissu cellulaire voisin, et les abcès de la fesse sont fréquemment dans ce cas. D'autres fois, ces tumeurs sont de véritables abcès par congestion ; ils sont alors le plus souvent des résultats de la carie, et s'ouvrent à la partie antérieure de la cuisse. Les auteurs citent des exemples assez rares, il faut le dire, où il y a eu formation spontanée accomplie et guérison sans formation d'abcès.

IVe Période. — *De colliquation.* — Les désordres sont portés à un si haut point, que la fièvre lente se déclare ou ne fait qu'augmenter, et que le marasme, l'épuisement conduisent inévitablement le malade au tombeau. Les tumeurs (abcès) dont nous avons parlé, et dont l'apparition est souvent le caractère de la quatrième période, se forment quelquefois sans qu'il y ait luxation, mais quand il y a seulement maladie de la hanche. Ordinairement le vice interne et les désordres locaux amènent, ainsi que nous l'avons dit, la fièvre lente, des dévoiemens colliquatifs et la mort.

DIAGNOSTIC.

Le diagnostic de la première période est très-difficile, le plus souvent même impossible, à moins qu'une chute, un coup sur le grand trochanter, des circonstances commémoratives, en un mot, ne se lient aux symptômes fugitifs de cette période que nous avons énumérés ; ce qui, le plus souvent encore, ne donne que des probabilités. Si le malade boite avec douleur, si l'on ne peut accuser quelque maladie des vertèbres, ou quelque accident récent, s'il y a amaigrissement du membre, si la douleur augmente par la pression au devant de la cavité cotyloïde, on peut soupçonner, avec raison, un commencement de la maladie de la hanche. La carie vertébrale et le mal de Pott produisent peut-être toujours la paralysie des deux jambes. Jamais, dans ces cas, il n'y a gonalgie.

Quant au diagnostic de la deuxième période, il est facile de reconnnaître l'allongement quand il existe, et cet allongement ne peut être confondu, ainsi que nous l'avons dit, avec celui qui serait produit par une autre cause. Il se manifeste, lorsque la nature de la maladie est un gonflement des parties intra-articulaires. Mais, il est d'autres causes prochaines de luxation spontanée coxalgique. Ainsi, elle peut être produite par une carie du sourcil cotyloïdien, qui, détruisant cette saillie, permet à la rétraction musculaire des fessiers, d'opérer la luxation de la tête du fémur. Comme, dans ces cas, il n'y a pas eu d'allongement antérieur, le diagnostic devient plus difficile; ce n'est que l'examen attentif des circonstances antérieures ou concomitantes qui peut l'éclairer.

Nous avons dit que, avec un peu d'attention, il était impossible de confondre l'allongement produit par une luxation spontanée coxalgique, avec aucune autre maladie dans laquelle la différente longueur des deux membres inférieurs tient à une autre cause, comme à une déviation de l'horizontalité du bassin. Le bon sens seul le démontre; j'ai d'ailleurs eu l'occasion d'observer à l'hôpital Saint-Éloi, un cas où il y avait un allongement d'un membre inférieur, qu'un peu d'attention suffisait pour ne pas confondre avec la maladie qui nous occupe. C'était une affection très-probablement syphilitique du muscle carré des lombes qui en avait amené la contraction, et, par suite, l'ascension de la moitié du bassin à laquelle il s'insérait, de manière à produire un allongement apparent du membre du côté opposé. Un allongement illusoire de ce genre peut être dû à l'affection rhumatismale des muscles, dont l'insertion inférieure a lieu aux parties latérales du bassin ; affection qui peut se déclarer tout à coup, après avoir enduré une longue averse de pluie, ou fait une longue marche dans un terrain marécageux, etc. Une douleur très-vive se déclare dans la région du carré des lombes, et, dès le lendemain, il y a raccourcissement du membre de ce côté. Mais, ce raccourcissement n'est qu'illusoire : le malade, pour modérer la douleur ou par instinct, cherche à rapprocher l'une de l'autre les deux insertions des muscles affectés ; de sorte que les côtes d'un côté sont rapprochées de la crête iliaque du même côté, et que les apophyses épineuses des vertèbres forment de ce côté une courbe concave. L'inflammation et le rhumatisme des muscles qui, du bassin, se portent à la cuisse, peuvent produire des effets analogues.

Les maladies de la colonne vertébrale peuvent aussi amener des raccourcissemens illusoires de l'une des extrémités inférieures, en détruisant l'horizontalité de la base du sacrum.

Avec un peu d'attention, on ne sera pas la dupe de semblables raccourcissemens.

On observe quelquefois, chez les enfans faibles et délicats, et principalement chez les petites filles, un membre inférieur plus court et plus grêle que l'autre ; mais ces enfans n'en sont pas moins agiles, nerveux ; l'articulation est parfaitement saine et les mouvemens n'y déterminent aucune douleur. C'est une espèce d'*atrophie congéniale*.

Après une contusion violente de l'articulation, un raccourcissement du membre inférieur peut arriver. Il y a élévation de la hanche, déviation du membre; mais, si l'on couche le malade sur un plan horizontal assez dur, en mesurant de l'ombilic à chacune des éminences iliaques antérieures et supérieures, on trouvera une différence de longueur.[1]

Je ne sais où j'ai lu l'observation d'un cas d'ostéosarcôme de la tête du fémur, simulant une luxation spontanée coxalgique. Dans un pareil cas, le diagnostic devient très-délicat. Ce n'est que par l'examen attentif des circonstances antérieures qu'on peut l'éclairer.

Le diagnostic de la troisième période est d'ordinaire assez facile. L'on a, le plus souvent, tous les signes de la luxation primitive en haut et en dehors; mais il y a absence des signes récens de luxation, absence des causes productrices des luxations primitives; et surtout, ce qui les différencie, ce sont les douleurs antérieures idiopathiques et sympathiques dans les cas de luxation spontanée, et la circonstance importante de l'allongement qui a lieu souvent.

Dans quelques circonstances, le membre s'allonge de plus en plus, se porte dans la rotation en dehors;

---

[1] Dupuytren; *Leçons orales*, 1832.

la fesse s'affaisse, la jambe se fléchit un peu sur la cuisse, et l'on a une *luxation spontanée sous-pubienne*, que l'on observe par rapport à la luxation spontanée en haut et en dehors dans la proportion de deux à cinquante.[1] La tête du fémur correspond au muscle obturateur externe, et le grand trochanter à la cavité cotyloïde.

Sanson assure avoir observé la luxation spontanée coxalgique en haut et en avant. Cocchi cite un cas dans lequel une luxation spontanée du fémur eut lieu en haut, en avant et un peu en dedans.[2] Dans tous ces cas, on rapprochera des signes de luxation primitive les circonstances anamnestiques. On a aussi vu des luxations de ce genre se guérir avec fausse articulation.

Quelquefois, la cause qui détermine l'affection des surfaces articulaires, au lieu d'en produire le gonflement, les frappe de carie; et, suivant l'endroit de la cavité qui en est affecté, il peut y avoir ou non sortie de la tête du fémur. Des malades peuvent mourir de cette maladie, sans qu'il y ait luxation; c'est quand le fond et non les bords de la cavité cotyloïde est frappé de carie. Il y a, dans ces cas, peine à marcher, douleur, etc., etc., sans allongement; seulement, le trochanter du côté malade

---

[1] Richerand; *Nos. chir.*, tom. III.
[2] Léveillé; *Nouv. doct. chir.*, tom. III.

est déprimé, la tête du fémur s'enfonçant à mesure que la carie détruit le fond de la cavité cotyloïde. Les mouvemens d'abaissement et d'élévation du membre font entendre un bruit. On ne peut mettre le fémur dans l'adduction ni dans l'abduction, la tête du fémur se trouvant engagée, pincée, au fond de la cavité cotyloïde. Les abcès par congestion se forment dans les parties voisines de la fesse, et peuvent même s'ouvrir dans le bassin. La carie peut occuper seulement la tête du fémur.

Si le déplacement de la tête du fémur survient à la suite de la destruction des bords de la cavité cotyloïde, il varie suivant la partie de ce bord qui, cariée, a permis à la rétraction musculaire de produire ce déplacement.

A la vérité, il y a bien, dans ce dernier cas, luxation consécutive du fémur; mais, il me semble, quoi qu'en aient dit le plus grand nombre des auteurs, qu'on ne devrait pas réunir ces luxations avec celles qui sont dues au gonflement, à l'engorgement des cartilages articulaires, produit par le vice rhumatismal, goutteux, scrofuleux, fixé sur l'articulation coxo-fémorale par une cause extérieure, ou spontanément par une métastase quelconque, ou une cause tout-à-fait inconnue.

DURÉE.

La durée de cette maladie et de chacune de ses périodes est extrêmement variable. Chez les enfans, elle est d'ordinaire moins longue que chez les adultes, à cause du peu de profondeur que présente chez eux la cavité cotyloïde, du peu de consistance que présentent chez eux les parties intra-articulaires, de la plus grande vitalité des os à cette époque de la vie. Ainsi, chez des enfans, la luxation a pu s'opérer dans la durée de deux mois.[1] La durée de la maladie varie chez les adultes. Boyer cite des cas où la luxation a eu lieu pendant le cours d'une fièvre putride essentielle.[2] Quelquefois elle met des mois, des années à s'effectuer. La durée de cette maladie dépend des causes prochaines, de l'état des forces du malade, de la marche, de la nature de la maladie. Le plus souvent, cette durée est chronique, surtout quand elle est due à la carie. Chez les jeunes sujets, et surtout chez ceux qui sont scrofuleux, la luxation a lieu quelquefois au bout de quelques semaines, et l'apparition des abcès a lieu. D'autres fois, la désarticulation de la tête du fémur n'a lieu qu'au bout de plus d'une année, et souvent

---

[1] Boyer; *Traité des mal. chir.*, tom. IV.

[2] Voy. pag. 14 de cette Dissertation, dans laquelle nous avons eu l'occasion de nous expliquer à ce sujet.

la consomption et le marasme n'arrivent que quand cet état a duré plusieurs mois.

MARCHE.

Elle est continue, mais assez irrégulière : ainsi, quelquefois la maladie semble être terminée, ou du moins suspendue, quand tout à coup les accidens s'exaspèrent ; elle passe ainsi souvent par des alternatives d'exaspération et d'amélioration, avant d'arriver à sa terminaison quelconque.

TERMINAISONS.

Si la maladie est abandonnée à elle-même, et le plus souvent, malgré tous les secours de l'art, la mort en est la conséquence la plus ordinaire. Dans les cas les plus rares et les plus heureux, la tête du fémur, une fois chassée de la cavité cotyloïde, se creuse une nouvelle cavité, et une fausse articulation a lieu. La luxation de la tête du fémur ayant lieu en haut et en arrière, cette tête presse sur le périoste de l'os iliaque, affaise les vaisseaux de cette membrane, les atrophie, de même que les couches osseuses correspondantes, et prépare ainsi la formation d'une cavité nouvelle. Le périoste voisin se tuméfie, s'engorge, sécrète une matière coagulable qui se transforme en cartilage, puis en os, et qui constitue le bord de la cavité nouvelle en se soudant avec l'os.[1] La cavité cotyloïde, vide de la tête du fémur, se resserre, devient triangulaire, et s'efface par le rapprochement de ses parois. La coiffe du petit-fessier peut se convertir en capsule fibreuse ou du moins en tenir lieu. Elle peut aussi s'encroûter de phosphate de chaux, et faire partie de la nouvelle cavité. Le frottement détermine la formation d'une nouvelle membrane synoviale. Ces cas heureux sont excessivement rares, et n'ont guère été observés que chez de jeunes sujets pleins de vigueur, chez lesquels la maladie s'était développée d'une manière tout-à-fait accidentelle. Dans ces cas, on voit la gonalgie céder, le gonflement disparaître peu à peu ; et il faut un temps très-long pour que le malade puisse se servir de son membre dévié en dedans, mais conservant une partie de ses mouvemens. J. Guérin a démontré, dans un mémoire qui a remporté le grand prix à l'Académie royale des sciences (août 1837), que, pour qu'il fût possible à une fausse articulation de se produire, il fallait qu'il y eût contact immédiat entre la table externe de l'os iliaque et la tête du fémur à travers la capsule articulaire usée ou perforée. Dans les autres espèces de luxations spontanées, il peut aussi y avoir, très-rarement toujours, formation d'une fausse articulation.

---

[1] Blandin ; *Anatomie des régions*, tome I.

Mais, le plus souvent, une fois la luxation opérée, la gonalgie qui avait paru se calmer, se réveille, ainsi que les douleurs de l'aine. De vastes foyers purulens qui communiquent avec l'articulation malade, se développent. Le pus prend le caractère séreux du pus qui vient des abcès par congestion ; ces abcès s'ouvrent au dehors ; leurs ouvertures se transforment en trajets fistuleux, etc., etc. Dans une période aussi avancée, chez des enfans surtout, on a vu la suppuration diminuer peu à peu, les douleurs se calmer, la fièvre s'appaiser, finir par disparaître ; les symptômes diminuer sensiblement, et, au bout d'un temps toujours très-long, la maladie guérir par une ankylose complète avec déviation du membre, avec ou sans exfoliation.

Le plus souvent, comme nous l'avons dit plus haut, une quantité énorme de pus continue à se faire jour par les fistules : ce pus devient bientôt séreux, sanieux, fétide ; la fièvre hectique survient ; avec elle, le dévoiement et des sueurs colliquatives qui conduisent plus ou moins rapidement le malade au tombeau, après qu'il a parcouru tous les degrés de la consomption et du marasme.

Du reste, à toutes les périodes de la maladie, il peut y avoir guérison, avant ou après le développement des abcès ; mais les chances favorables diminuent d'une manière rapide, à mesure que la maladie fait des progrès.

PRONOSTIC.

De ce que nous avons dit jusqu'ici, il résulte que le pronostic à porter sur cette maladie, est extrêmement fâcheux. Il varie néanmoins suivant l'ancienneté, la période de la maladie, son siége, ses causes, la constitution du malade, etc. Ainsi, toutes choses égales d'ailleurs, attaquant un sujet scrofuleux ou vieux, épuisé, elle présente beaucoup moins d'espoir de guérison que chez un sujet vigoureux et jeune, quoique, chez celui-ci, la succession des divers symptômes soit beaucoup plus rapide. La luxation spontanée, due à une cause externe, sera moins grave que celle qui sera due à un vice de toute l'économie, qui spontanément se fixe ou est fixé, par une cause quelconque, sur l'articulation coxo-fémorale. Si la luxation est une conséquence de la carie des os, le pronostic est plus grave que dans les autres circonstances, surtout si la carie a lieu au fond de la cavité cotyloïde. Boyer fait observer que si la luxation spontanée est sous-pubienne, le pronostic est plus grave que si elle a lieu en haut et en dehors, les désordres devant être plus étendus dans le premier cas. Quand la maladie est récente et légère, il y a quelque espoir de guérison, quand on la reconnaît dès le principe; mais, une fois que la maladie est un peu avancée, une fois qu'il y a luxation, tout ce qu'on peut espérer de mieux, c'est l'ankylose ou une fausse articulation, terminaisons malheureusement fort rares.

AUTOPSIES.

Desault a eu l'heureuse occasion d'examiner les désordres produits par cette maladie, n'étant encore qu'à sa deuxième période, chez une femme qui succomba à une dysenterie bilieuse.[1] Il trouva les parties environnantes de l'articulation tuméfiées ; la capsule fibreuse allongée de haut en bas ; la tête du fémur située au côté externe et sur le bord de la cavité cotyloïde, répondait en bas à la capsule tiraillée et dans un état de tension manifeste, en haut au cartilage articulaire déjà gonflé au point de combler presque la cavité articulaire dont il tapisse l'intérieur. Le ligament rond était réduit en bouillie ; la synovie existait dans l'articulation, en moindre quantité que dans l'état normal, circonstance qui donne un démenti formel à l'opinion de J.-L. Petit, sur la manière dont sont produites les luxations spontanées du fémur.

---

[1] Desault ; *OEuvres chirurgicales*, *publiées par* Bichat, *an VI, 1798.* — C'est le seul exemple que j'ai trouvé dans les auteurs d'autopsies faites à cette période de la maladie. Je m'étonne que long-temps après l'apparition du mémoire de Desault, Boyer, dans son *Traité des maladies chirurgicales*, dise qu'il n'est pas à sa connaissance qu'on ait eu l'occasion de constater l'état des parties, dans une période peu avancée et où la maladie n'est pas mortelle par elle-même.

La mort étant survenue dans une période plus avancée, on a eu trouvé le cartilage diarthrodial de la cavité cotyloïde prodigieusement gonflé, remplissant toute la cavité, présentant une couleur jaunâtre, une consistance lardacée ; présentant, à son milieu, une substance molle, spongieuse, blanchâtre, qui n'était probablement que les débris du ligament rond; la tête du fémur luxée en haut et en dehors, encroûtée de son cartilage tuméfié.[1] Blandin[2] a eu trouvé chez un enfant mort par suite d'une luxation spontanée, une masse tuberculeuse remplissant presque toute la cavité cotyloïde, s'étendant jusqu'au trou interne de l'articulation, et semblant s'être développé de l'intérieur à l'extérieur par la continuité du tissu cellulaire.[3]

A la suite de morts survenues à l'occasion d'une luxation spontanée coxalgique, l'on a trouvé des désordres très-variés : des abrasions diverses des bords ou du fond de la cavité cotyloïde, des abrasions de la tête du fémur, des ulcérations, des gonflemens des cartilages inter-articulaires; la destruction, le ramolissement de toutes les parties molles qui constituent

---

[1] Desault; Œuvr. chirurg.

[2] Anatomie des régions, tom. I.

[3] Ne serait-ce pas là les prétendues concrétions stéatomateuses, dont Boyer assure avoir rencontré la cavité cotyloïde toute remplie, dans certaines autopsies d'individus conduits au tombeau par une luxation spontanée de la tête du fémur.

l'intérieur de l'articulation coxo-fémorale. On a trouvé ces diverses parties macérant dans un pus fétide, floconneux, de couleur variée, dont la cavité cotyloïde était remplie. Les parties osseuses qui concourent à former l'articulation, peuvent être gonflées, cariées. On a trouvé, dans les interstices des muscles environnans, des foyers plus ou moins considérables, des abcès, des fistules, qui communiquaient avec l'intérieur de l'articulation. Lorsque la carie attaque seulement le fond de la cavité cotyloïde, le pus peut se porter dans le bassin où il forme des abcès plus ou moins considérables.

La tête du fémur déplacée peut amener des caries de la portion osseuse avec laquelle elle est en rapport, des suppurations du tissu cellulaire qu'elle irrite par sa présence. En un mot, on a eu trouvé les parties articulaires osseuses, les cartilages détruits, baignés de pus; les ligamens ramollis, d'une consistance pultacée; les parties molles environnantes grisâtres, fongueuses, etc., etc.

Dans les cas où la guérison a eu lieu avec ankylose, on trouve, après la mort du sujet, les extrémités articulaires unies par un cal volumineux et irrégulier, dans lequel sont souvent confondus les organes fibreux et musculaires environnans.

S'il y a eu guérison avec fausse articulation; après la mort, on trouve : la cavité cotyloïde déformée, atrophiée; la tête de l'os plus ou moins déformée, rabougrie, repose sur une cavité nouvelle irrégulière, peu profonde, recouverte d'un cartilage mince, tandis que les parties molles environnantes sont amincies, transformées en tissu fibro-cellulaire, et forment ainsi une capsule articulaire fort irrégulière, qui, se portant d'un os à l'autre, affermit les deux pièces de l'articulation nouvelle.

SIÉGE ET NATURE.

De Haën et quelques auteurs ont avancé que, d'ordinaire, cette affection envahissait tout d'abord les parties molles qui environnent l'articulation coxofémorale. Les autopsies ne justifient nullement cette opinion, qui nous paraît tout-à-fait hasardée. Nous en dirons de même de celle de J.-L. Petit, qui veut expliquer, par l'accumulation de la synovie, la luxation consécutive du fémur. Mais, comme le fait fort bien remarquer Boyer [1], en admettant l'hypersécrétion de synovie [2], à la suite d'une violence extérieure qui a agi sur le grand trochanter, cette humeur se portera entre le ligament orbiculaire et le col du fémur, à la base duquel il s'attache. Or, il est tout-à-fait impossible de concevoir comment cette accumulation dans ce lieu, pourrait chasser la

---

[1] *Traité des maladies chirurgicales*, tome IV.

[2] Elle est loin d'être démontrée; nous avons même cité, d'après Desault, un cas de luxation spontanée commençante, où l'on trouva dans la membrane synoviale moins de synovie que dans l'état ordinaire.

tête du fémur de la cavité cotyloïde, malgré la résistance des muscles nombreux qui entourent l'articulation coxo-fémorale. Pour concevoir que l'accumulation de la synovie peut amener cet effet, il faudrait que le ligament orbiculaire se fixât des bords de la cavité cotyloïde au pourtour de la tête du fémur. D'ailleurs, comme l'observe encore Boyer, l'épaississement de la synovie tendrait plutôt à retenir la tête du fémur qu'à l'expulser.[1]

Quant au gonflement inflammatoire des flocons adipeux qui existent dans l'articulation, l'expérience a prouvé que leur gonflement n'était jamais suffisant à lui seul pour chasser la tête du fémur de sa cavité.

Suivant Nep. Rust, le siége primitif de la maladie qui nous occupe, et qu'il désigne sous le nom de *coxarthrocace*, est le tissu membraneux médullaire qui revêt les cellules spongieuses de la tête du fémur : c'est dans une inflammation de ce tissu, que cet auteur trouve la cause prochaine de la luxation spontanée coxalgique. Suivant lui, ce n'est que consécutivement que les autres parties de l'articulation sont affectées.

Pour nous, avec le plus grand nombre des au-

---

[1] J.-L. Petit a aussi émis les idées les plus fausses sur le mécanisme de la maladie qui nous occupe. A l'entendre ; à mesure que la tête du fémur est chassée de la cavité cotyloïde, il doit y avoir raccourcissement. La moindre réflexion prouve l'absurdité de cette théorie.

teurs, nous admettrons que, le plus souvent, le siége de la maladie existe primitivement dans les cartilages qui revêtent la tête du fémur, ou le fond de la cavité cotyloïde ; mais il n'est pas rare que la maladie envahisse d'abord la propre substance des os qui entrent dans la formation de cette cavité articulaire. [1]

La maladie qui nous occupe est une inflammation chronique, qui, si elle attaque primitivement les cartilages de revêtement, en amène le boursoufflement, l'épaississement. Ces gonflemens peuvent être produits par la fixation spontanée ou provoquée du vice rhumatismal, quelquefois du vice syphilitique, le plus souvent du vice scrofuleux sur les parties molles renfermées dans l'intérieur de l'articulation coxo-fémorale ; ou bien, ce sera une inflammation chronique des os qui en amène, rarement le gonflement, le plus souvent la carie, et de là, les désordres qui amènent souvent la luxation du fémur.

La luxation spontanée coxalgique ressemble beau-

---

[1] J. Guerin signale (dans le Mémoire que nous avons eu occasion de citer une fois) une nouvelle espèce de luxation spontanée coxo-fémorale, produite par le rétrécissement rachitique de la cavité cotyloïde et le gonflement simultané de la tête du fémur. Cette luxation, dont l'auteur a établi l'existence par plusieurs pièces anatomo-pathologiques, est rarement complète, et offre, sur le vivant, des symptômes analogues à ceux de la luxation congéniale des fémurs.

coup aux tumeurs blanches des articulations. Blandin assure, comme il a eu l'occasion de l'observer, que cette maladie est souvent due à une tuméfaction tuberculeuse du peloton cellulo-adipeux cotyloïdien.

La luxation spontanée survenue à l'occasion d'une contusion de l'articulation, alors qu'on ne peut reconnaître dans la constitution l'existence d'aucun vice interne, est dû au gonflement inflammatoire des parties molles intra-articulaires.

Souvent cette maladie est une véritable tumeur blanche de l'articulation coxo-fémorale; car, j'entends par le mot *tumeur blanche*, toute lésion organique développée dans les extrémités articulaires des os, tels que la carie, des tubercules scrofuleux, l'abrasion des cartilages de revêtement.

Il y aura luxation spontanée coxalgique accomplie, toutes les fois que les surfaces osseuses, qui entrent dans la formation de l'articulation de la hanche, ne sont plus en rapport de forme. [1]

Brodie admet des cas de scrofules dans lequels les désordres commencent par le tissu spongieux de l'os. Ils peuvent aussi commencer, suivant ce chirurgien anglais, par une inflammation chronique et des abcès des parties molles, qui se développent au pourtour de l'articulation. [2]

---

[1] Sanson; *Dict. de méd. et de chir. prat.*
[2] Sam. Cooper; *Dict. de chir. prat.*

TRAITEMENT.

Un individu, du reste bien portant, à la suite d'une violence extérieure, dont l'action a porté sur le grand trochanter, éprouve une douleur assez vive dans cette région. On a quelque raison de craindre le développement de la luxation spontanée coxalgique. On prescrira le repos; une diète sévère ; des saignées plus ou moins copieuses, plus ou moins réitérées, suivant l'indication, c'est-à-dire, suivant la gravité des symptômes et suivant les forces du sujet. On appliquera sur l'articulation une quinzaine de sangsues ; on réitérera, s'il le faut, cette application. On fera appliquer sur la hanche des cataplasmes émolliens et anodins. On laissera le malade au lit un mois et plus, s'il le faut, jusqu'à ce que la douleur soit dissipée. On peut espérer de prévenir, de cette manière, l'inflammation de l'articulation, qui peut amener la luxation spontanée. Rarement on trouve des malades assez dociles pour vouloir prendre ces précautions. [1]

---

[1] J.-L. Petit, dans son *Traité des maladies des os*, conseille, dès le début, des défensifs faits avec le blanc d'œuf, l'alun en poudre et l'eau-de-vie aromatique, dont il mouillait des compresses pliées en sept à huit doubles, etc., etc. De pareilles applications paraissent plus nuisibles qu'utiles. Ce traitement est une conséquence de la théorie fausse que se faisait ce chirurgien sur la nature du mal.

Si, au contraire, l'individu porte un vice interne qui, spontanément, ou attiré par une violence extérieure, s'est porté sur l'articulation de la hanche, le traitement doit avoir en vue deux indications; la première, de déplacer l'affection qui vient de se fixer sur l'articulation; la deuxième, d'agir sur la cause de la maladie, en modifiant l'ensemble de l'économie par un traitement général.

On remplira cette dernière indication, en employant le traitement général approprié au vice dont l'économie est affectée; si le sujet est éminemment scrofuleux, on lui prescrira un régime fortifiant, l'emploi des toniques, des martiaux, des préparations d'or et d'iode, etc. L'emploi des eaux thermales sulfureuses, les eaux de Barèges, etc. S'il est atteint de syphilis, un traitement antisyphilitique sera indiqué, etc.

Quant à la première indication que nous avons signalée et qui consiste à chercher à déplacer la scène morbide qui vient de se fixer sur l'articulation de la hanche, les révulsifs seront dirigés vers ce but. On a vanté le cautère actuel [1], le cautère potentiel, les ventouses, les moxas, les sétons, les vésicatoires. Ce dernier moyen a surtout été préconisé par Boyer. Il applique d'abord un vésicatoire sur la partie anté-

---

[1] *Quibus, diuturno dolere ischiadico vexatis coxa excidit; iis femur contabescit, et claudicant nisi urantur.* (Hippocrat. aphor.)

rieure, supérieure et externe de la cuisse, le laisse sécher, en applique un autre à côté, et ainsi de suite, jusqu'à ce qu'on en obtienne un bon effet. Brodie conseille, chez les adultes, le cautère derrière et au-dessous du grand trochanter. Il ne conseille l'emploi des vésicatoires, que chez les enfans ou chez les vieillards, ou lorsque la maladie est récente, et conseille de les entretenir avec l'onguent de sabine, et de les appliquer sur le bord antérieur du tenseur aponévrotique. Quant aux cautères, au lieu d'y introduire des pois, il conseille de les entretenir, en les frottant, deux ou trois fois par semaine, avec de la potasse caustique ou du sulfate de cuivre. Il assure s'être bien trouvé de l'emploi d'un séton à l'aine, au-dessus du tronc du nerf crural antérieur, dans quelques cas où la douleur était intolérable.[1]

Malgré l'emploi méthodique de ces divers moyens, souvent le mal continue à faire des progrès.

Si les abcès qui se développent présentent tous les caractères des abcès par congestion, on s'abstiendra de toute application émolliente, on insistera sur le régime et les fortifians, et l'on ne les ouvrira qu'à la dernière extrémité, pour éviter que la nature ne les ouvre d'une manière trop large, ou quand la tension et la douleur deviennent insupportables. On fera l'ouverture aussi étroite que possible. Si, au contraire, ces abcès se présentent sous la forme de

---

[1] Brodie ; *Pathol. and surg. observ.*

véritables abcès phlegmoneux, on aura recours aux émolliens et aux antiphlogistiques, eu égard toujours à l'état des forces. On les ouvrira encore aussi tard que possible, l'expérience ayant démontré que leur ouverture prématurée ne présentait aucun avantage.

Il est inutile de dire que la luxation opérée, il serait ridicule de songer à la réduire, les désordres survenus dans l'articulation, tels que nous les avons énumérés, ne permettant de retirer aucun avantage de ces tentatives.

Il serait tout aussi absurde de songer à la désarticulation du fémur, la cavité cotyloïde étant plus souvent que la tête du fémur, le siége des désordres qui amènent la luxation de cette dernière.

Quand, après que la luxation a eu lieu, aucun abcès ne s'étant formé, on reconnaît un amendement dans les symptômes, on doit recommander au malade le repos, la cuisse étendue; ce n'est qu'au bout d'un temps très-long qu'on lui permettra de se lever; ce ne sera que peu à peu et avec beaucoup de précautions, qu'on lui permettra de s'appuyer sur le membre où on a lieu d'espérer la formation d'une fausse articulation, circonstance très-heureuse, mais excessivement rare.

Si, après la formation d'abcès, la quantité de pus fourni par les fistules diminue; si ce pus prend un aspect lié, homogène, phlegmoneux, légitime; si la fièvre lente se calme; si l'appétit renaît; si les douleurs s'appaisent, on pourra espérer, au bout de plusieurs années le plus souvent, d'obtenir une ankylose, que l'on favorisera par le repos aussi absolu que possible. Pour l'usage du membre, il est avantageux de l'obtenir le membre étant dans l'extension ; on fera donc garder cette position au malade.

Dans toute la durée de cette maladie, la conduite du praticien doit être déduite rigoureusement de l'examen des symptômes et des diverses indications qui peuvent se présenter, et dont il est à peu près impossible de donner une énumération complète.

DEUXIÈME QUESTION.

Etablir le diagnostic et le traitement de l'herpès du prépuce.

—

Sous le nom générique d'*herpès*, Wilan et Bateman rangent quelques maladies de la peau, caractérisées par l'éruption de vésicules, maladies presque toujours aiguës, non contagieuses, et dont la durée ne dépasse presque jamais un ou deux septénaires. La plupart des auteurs modernes ont adopté cette dénomination. On conçoit combien le sens de ce mot *herpès* diffère du sens vague qu'Alibert attache au mot *herpes*, nom générique qu'il a donné aux diverses espèces de dartres. La dénomination d'herpès une fois admise avec le sens que lui donnent les Auteurs anglais que nous avons eu occasion de citer au commencement de ce chapitre, on conçoit que ces mots *vice herpétique*, *médicamens anti-herpétiques*, doivent être supprimés, comme pouvant produire de la confusion dans les mots, confusion qui, par suite, peut passer dans les idées.

C'est de l'*herpès du prépuce* (*herpes præputialis*), que nous avons à parler. [1]

CAUSES.

Toute excitation immodérée des organes génitaux de l'homme, par un coït difficile ou trop souvent répété, le contact des fluides sécrétés par le vagin, lorsqu'une inflammation chronique, le défaut de propreté ou une cause inconnue communique à ces fluides une âcreté particulière; l'accumulation, entre le prépuce et le gland, de la matière sébacée sécrétée par les follicules qui entourent la base de ce dernier organe; le simple frottement d'un vêtement de laine, peuvent déterminer le développement de cette éruption. Copeland assure que l'herpès du prépuce est assez souvent symptomatique d'un rétrécissement ou d'une phlegmasie du canal de l'urètre : ce n'est peut-être là qu'une coïncidence [2], les mêmes causes

---

[1] On trouve quelques mots, à ce sujet, dans Abernethy, qui donne à cette petite maladie le nom de pseudo-syphilis.

[2] Sans donner mon avis sur l'opinion de Copeland, je dois dire que, dans deux circonstances où j'ai eu l'occasion d'observer l'herpès du prépuce survenant presque immé-

pouvant produire une inflammation de l'urètre et l'herpès du prépuce. On a dit que l'usage des préparations mercurielles, l'existence antérieure d'une ou plusieurs syphilis, disposaient à l'herpès du prépuce. L'existence de ces causes n'est pas généralement admise. Les expériences réitérées à ce sujet, ont prouvé que cette maladie n'était pas contagieuse. Evans et Sam. Plumb assurent que fréquemment cette maladie est liée à une affection des organes digestifs. Nous ne savons rien de précis sur la valeur de cette opinion.

SIÉGE.

L'herpès du prépuce peut se développer à la face interne, à la face externe, ou sur les deux faces du prépuce.

SYMPTOMES.

S'il a lieu à la face interne du prépuce, dès que l'on s'aperçoit d'un prurit assez incommode de ce côté, déjà les vésicules sont développées; elles sont petites, globuleuses, pleines d'une sérosité roussâtre,

---

diatement après le coït, aussitôt après la dessiccation de ses vésicules, une blennorrhagie s'est annoncée. Ces deux blennorrhagies ont été contractées par le même individu à des époques fort éloignées, avec des femmes différentes, et constamment l'herpès du prépuce en a été, pour ainsi dire, le symptôme précurseur.

plus ou moins confluentes. Le prépuce est boursoufflé; sa surface interne est comme chagrinée. Dans les deux cas que j'ai eu l'occasion d'observer, la partie du gland, en rapport avec le prépuce, présentait une éruption analogue abondante, surtout sous la couronne du gland. Il peut y avoir tout à coup résorption de la sérosité contenue dans les vésicules; ou bien, au bout de quatre jours, les vésicules se rompent; l'épithélium se détache sous la forme de membranes humides ; le réseau vasculaire enflammé, excorié, reste à découvert ; un léger sentiment de cuisson y a son siége ; bientôt, un nouvel épithélium s'est organisé, et recouvre le réseau vasculaire mis à nu. Les deux cas d'herpès que j'ai pu observer, avaient leur siége à la face interne du prépuce.

Si l'éruption a lieu sur la face externe, l'inflammation est moins vive. Plusieurs taches rouges bien circonscrites, accompagnées de prurit, précèdent l'éruption ; c'est sur leur centre que se développent les vésicules. Après leur développement, il y a quelquefois tout à coup résorption de la sérosité ; les vésicules s'affaissent alors, et une légère desquamation a lieu. Le plus ordinairement, au bout de quelques jours, la sérosité se trouble, les vésicules se rompent, il y a dessiccation, de légères écailles lamelleuses se détachent et la maladie est terminée.

Rarement, cette petite maladie se complique d'un engorgement passager des ganglions de l'aine. J'ai pu cependant observer une fois cette complication.

DIAGNOSTIC.

Les excoriations passagères que laisse l'herpès, quand il a occupé la face interne du prépuce, ne seront jamais confondues avec des ulcérations syphilitiques, qui offrent toujours une véritable inflammation ulcérative, et non le développement antérieur de vésicules présentant les caractères que nous avons assignés à l'éruption herpétique. D'ailleurs, les ulcérations dues au virus syphilitique sont creusées au centre ; il n'y a pas simple excoriation comme dans l'herpès. Les pustules syphilitiques, qu'il est impossible de confondre avec les vésicules herpétiques, laissent d'ailleurs des croûtes saillantes et épaisses; celles de l'herpès sont minces et écailleuses. La *venerola vulgaris*, décrite avec soin par Evans, est annoncée, dès le début, par une vésicule solitaire ; ses croûtes sont épaisses : l'herpès du prépuce présente des caractères tout-à-fait opposés.

L'apparition de myriades de petites vésicules, se terminant au premier ou au deuxième septénaire, par dessiccation ou par le détachement de l'épithélium, produisant, dans ce dernier cas, des membranules molles ou roulées sur elles-mêmes, et des écailles minces, peu saillantes dans le premier, ne permettent pas de confondre l'herpès du prépuce avec aucune autre maladie qui peut affecter cet organe.

PRONOSTIC.

Toujours favorable.

TRAITEMENT.

Il est nul. Cette maladie doit être abandonnée à la nature. Quelques boissons émollientes, quelques bains locaux émolliens seront seulement conseillés. Cette maladie suit rapidement ses diverses périodes, et disparaît promptement. On a proposé la cautérisation, avec le nitrate d'argent, des vésicules herpétiques ; cette précaution nous paraît tout-à-fait inutile. Rothalius (*Bulletin des sciences médicales* de M. Férussac, tom. XXII, p. 105) recommande le *lactucarium* contre l'herpès du prépuce. Nous ne savons rien de positif sur la valeur de ce médicament dans ces cas.

Biett, dans ses leçons cliniques, parle d'une forme chronique de cette maladie, où des éruptions réitérées peuvent produire l'épaississement, l'induration du prépuce. L'anneau du prépuce a pu devenir ainsi comme cartilagineux, comprimer le gland, et nécessiter l'opération du phimosis.

TROISIÈME QUESTION.

Comment reconnaître l'acide cyanhydrique [1] dans un sirop ?

Pour reconnaître l'acide cyanhydrique dans un sirop, on étendra celui-ci d'une quantité d'eau suffisante pour le rendre incolore ou peu coloré. On cherchera d'abord à reconnaître cette odeur d'amandes amères si caractéristique de cet acide. Puis on traitera la liqueur par les trois réactifs si connus de l'acide cyanhydrique ; je veux dire, 1° une dissolution de nitrate d'argent; 2° de deuto-sulfate de cuivre; 3° de per-sulfate de fer. On soumettra à ces divers réactifs diverses parties du sirop décoloré, ou à peu près, par l'addition d'une suffisante quantité d'eau, afin que la couleur du sirop ne masque point celle des divers précipités que l'on doit obtenir.

1° Le liquide sur lequel on opère, étant traité par une dissolution de nitrate d'argent, s'il contient de l'acide hydrocyanique, il y aura sur-le-champ for-

---

[1] Bien que le nom d'*acide hydrocyanique* soit celui sous lequel on désigne le plus souvent cet acide, le nom d'acide *cyanhydrique* lui convient mieux : car, dans cette combinaison du cyanogène avec l'hydrogène, ce dernier joue le rôle de base ou de principe électro-positif, et le cyanogène joue le rôle de principe acidifiant, d'élément électro-négatif.

mation d'un précipité de *cyanure d'argent* blanc, caillebotté, lourd, insoluble dans l'eau, facilement soluble dans l'ammoniaque, assez soluble dans l'acide nitrique bouillant, devenant difficilement violet au contact de l'air. (Ces deux derniers caractères, comme le fait remarquer M. Devergie, *Méd. lég.*, p. 816, le distinguent du chlorure d'argent.) Si l'on obtient assez de ce précipité blanc, pour, en le décomposant par la chaleur, dégager du cyanogène que l'on reconnaît à son odeur forte, pénétrante, piquante, à la flamme bleuâtre qu'il répand quand on approche de lui un corps en ignition, etc., l'expérience sera tout-à-fait concluante. Je dis tout-à-fait concluante, parce que le précipité de cyanure d'argent obtenu en traitant le sirop par le nitrate d'argent, pourrait être confondu avec d'autres précipités. Le nitrate d'argent, d'après les expériences de M. Lassaigne, est le réactif le plus sensible de la présence de l'acide cyanhydrique.

2° Un sirop contenant de l'acide cyanhydrique, traité par une dissolution de potasse, ensuite par une dissolution de deuto-sulfate de cuivre, donne un précipité jaunâtre qui devient blanc, quand on sature l'oxyde de cuivre devenu libre dans la liqueur, par l'acide hydro-chlorique (chloro-hydrique). Ce procédé est dû à M. Lassaigne : il peut déceler la présence de l'acide cyanhydrique dans un liquide qui en contiendrait les vingt millièmes de son poids. Il en faut une quantité proportionnelle double dans un liquide, pour que le per-sulfate de fer puisse en accuser la présence; mais, dans une demi-heure, trois quarts d'heure, le précipité obtenu avec le deuto-sulfate de cuivre ne tarde pas à disparaître. Si l'on obtient assez de précipité pour le décomposer par la chaleur, et obtenir le dégagement du cyanogène, la présence de l'acide hydrocyanique dans le sirop est tout-à-fait incontestable.

3° Comme les précipités blancs obtenus avec le nitrate d'argent ou le sulfate de cuivre peuvent être confondus avec une foule d'autres précipités, à moins que, par la chaleur, on ne puisse dégager des quantités suffisantes de cyanogène, on a le plus souvent recours au troisième moyen, au per-sulfate de fer, qui, bien qu'étant le réactif le moins sensible, est le plus infaillible de tous. On verse d'abord, dans le sirop convenablement étendu d'eau, quelques gouttes de dissolution de potasse. Puis une dissolution de per-sulfate de fer fera naître dans le liquide un précipité de bleu de Prusse dont la couleur se prononcera sur-le-champ, à moins qu'un excès d'oxyde de fer ne se soit précipité avec le bleu de Prusse; dans ces cas, la couleur du liquide sera verdâtre ou rougeâtre, suivant que le fer est plus ou moins oxydé : par quelques gouttes d'acide sulfurique, on sature l'excès d'oxyde de fer qui est à l'état libre dans le liquide, et la belle couleur du bleu de Prusse se révèle librement. Ce précipité, bien différent de celui que l'on obtient avec le deuto-sulfate de cuivre, se prononce d'autant plus que le contact a été plus prolongé.

Si la couleur du sirop est si intense qu'il faille ajouter une quantité énorme d'eau, au lieu d'étendre ainsi le sirop, on cherche d'abord à reconnaître l'odeur de l'acide hydrocyanique (caractère essentiel). Puis on décolore le sirop suspect avec du charbon animal pur à la température ordinaire, à chaud, si cela est nécessaire. Si ces moyens sont insuffisans, on filtre le liquide, on l'expose à une douce chaleur et l'on distille; on reçoit la vapeur d'eau et les vapeurs d'acide cyanhydrique dans un réfrigérant très-froid, et l'on obtient un liquide incolore que l'on traite par les réactifs que nous avons signalés.

M.r Orfila ne conseille la distillation qu'en dernière analyse. Comme l'acide cyanhydrique est extrêmement volatil, il s'en perd beaucoup dans cette opération; et, si l'on tenait à apprécier d'une manière exacte la quantité d'acide cyanhydrique renfermée dans un liquide quelconque, ce moyen serait tout-à-fait défectueux. C'est ce que M.r Orfila a démontré en mettant dans un sirop une certaine quantité d'acide cyanhydrique, et distillant ensuite. C'est tout au plus, si, par la distillation, on obtient les deux tiers de l'acide renfermé dans le liquide.

QUATRIÈME QUESTION.

Que doit-on entendre par inclinaison, flexion, courbure, déviation, incurvation *de la colonne vertébrale ? Préciser le sens propre à chacune de ces dénominations.*

—

La *déviation* de la colonne vertébrale est un dérangement quelconque, permanent et morbide, par lequel la forme de la colonne vertébrale, la disposition de ses diverses courbures ou la direction de son axe se trouvent plus ou moins altérées.

Malgré toutes les recherches que j'ai pu faire à ce sujet, il m'a été impossible de trouver, dans les auteurs que j'ai lus, une distinction quelconque entre les mots *courbure* et *incurvation*. Ces mots indiquent la même forme de déviation. La différence qui existerait entre eux, roulerait-elle sur la direction ou l'étendue ? Je l'ignore. Je donnerai donc pour eux la même définition. J'entends par le mot *courbure* une déviation permanente de la colonne vertébrale, caractérisée par l'exagération des lignes courbes que présente cette tige osseuse, ou par la formation pathologique de nouvelles courbes; tandis que l'axe de la colonne vertébrale (ligne fictive qui passe par le milieu de sa base et de son sommet) demeure toujours représenté par la ligne verticale. On conçoit que l'effet de la courbe pathologique anormale doit être compensé par d'autres courbes, que la nature emploie pour conserver la verticalité de cet axe.

Il y aura pour nous *inclinaison* de la colonne vertébrale, lorsque, par un état morbide quelconque la verticalité de son axe sera détruite. Cet axe sera représenté par une ligne oblique, s'élevant du milieu de la base du sacrum, pour aller au milieu du trou occipital, si l'inclinaison est générale; si elle est partielle, l'axe tel qu'il est dans l'état normal, se portera verticalement, du milieu de la base du sacrum, au lieu de l'inclinaison; là il formera un angle pour se rendre au milieu du trou occipital.

La *flexion* de la colonne vertébrale est, pour nous, une déviation de la colonne vertébrale produite dans l'état physiologique, par les contractions volontaires des muscles qui sont destinés à la mouvoir.

FIN.

FACULTÉ DE MÉDECINE
DE MONTPELLIER.

Professeurs.

MM. CAIZERGUES, Doyen.	*Clinique médicale.*
BROUSSONNET, Président.	*Clinique médicale.*
LORDAT, *Examinateur.*	*Physiologie.*
DELILE.	*Botanique.*
LALLEMAND.	*Clinique chirurgicale.*
DUPORTAL.	*Chimie médicale et pharmacie.*
DUBRUEIL.	*Anatomie.*
DELMAS.	*Accouchemens.*
GOLFIN.	*Thérapeutique et Matière médic.*
RIBES.	*Hygiène.*
RECH.	*Pathologie médicale.*
SERRE.	*Clinique chirurgicale.*
BÉRARD.	*Chimie générale et Toxicologie.*
RENÉ.	*Médecine légale.*
RISUENO D'AMADOR, *Sup.*	*Pathologie et Thérapeut. génér.*
ESTOR.	*Opérations et Appareils.*
. . . .	*Pathologie externe.*

Professeur honoraire: M. Aug.-Pyr. DE CANDOLE.

Agrégés en exercice.

MM. VIGUIER.	MM. JAUMES.
BERTIN, *Exam.*	POUJOL.
BATIGNE.	TRINQUIER.
DELMAS Fils.	LESCELLIER-LAFOSSE.
VAILHÉ.	FRANC.
BROUSSONNET Fils, *Supp.*	JALAGUIER.
TOUCHY, *Ex.*	BORIES.

La Faculté de Médecine de Montpellier déclare que les opinions émises dans les dissertations qui lui sont présentées, doivent être considérées comme propres à leurs auteurs; qu'elle n'entend leur donner aucune approbation ni improbation.

Milton Keynes UK
Ingram Content Group UK Ltd.
UKHW041056241024
450026UK00018B/318